Homme de merde

Fremont Dodge

Writat

Cette édition parue en 2024

ISBN : 9789359947129

Publié par
Writat
email : info@writat.com

Contenu

MUCK HOMME

PAR FREMONT DODGE

Le travail n'était pas dur, mais il y a eu quelques sacrifices.
Vous avez dû renoncer à l'espoir, à la liberté et au fait d'être humain !

je

La jeune fille avec l'œuf Slider scintillant dans ses cheveux regarda l'huissier conduire Asa Graybar hors de la salle d'audience. Il la reconnut comme étant Harriet, la fille de la vieille Hazeltyne, venue sans doute pour que justice soit rendue. Elle n'avait pas le look de fleur de serre auquel Asa aurait pu s'attendre chez une fille dont le père possédait la plus précieuse des franchises planétaires. Elle n'avait pas peur de croiser son regard, celui d'un criminel judiciairement certifié. Il y avait peut-être un pli de perplexité dans son front, comme si elle avait pensé que les crimes étaient commis par des types ratatinés au visage de rat, et non par de jeunes ingénieurs en biologie qui affectaient encore des coupes en équipe.

Tom Dorr, le directeur général de Hazeltyne, l'accompagnait. Asa était certain, sans preuve, que Dorr était l'homme qui l'avait accusé de vol qualifié en cachant un nouvel œuf de Slider dans son laboratoire. L'homme plus âgé regarda Asa froidement alors qu'il était conduit hors de la salle d'audience et dans le couloir pour le ramener en prison.

Jumpy, le compagnon de cellule d'Asa, a jeté un coup d'œil à son visage alors qu'il était remis derrière les barreaux.

"Coupable", a déclaré Jumpy.

Asa le regarda.

"Je sais, je sais," dit précipitamment Jumpy. "Vous avez été piégé. Mais quel est le problème ?"

"Cinq ou un."

"Prenez les cinq", conseilla Jumpy. "Apprenez à tresser des paniers dans une belle clinique de rééducation climatisée. Un an avec un contrat de changeling vous semblera beaucoup plus long, même si vous avez la chance de pouvoir en vivre."

Asa fit quatre pas jusqu'au mur du fond de la cellule, resta là brièvement, la tête penchée et se tourna pour faire face à Jumpy.

"Non," dit doucement Asa. "Je vais dans un réservoir de conversion. Je vais être un homme-boue, Jumpy. Je vais sur Jordan's Planet et chasser les œufs Slider."

"De la contrebande ? Ça ne marchera pas."

Asa ne répondit pas. La société Hazeltyne l'avait poursuivi parce qu'il travaillait sur une méthode permettant de garder les œufs de Slider en vie. La société Hazeltyne serait heureuse de le voir piétiner cinq années de soi-disant réorientation sociale. Mais s'il pouvait se rendre sur la planète Jordan, avec sa physiologie adaptée à l'environnement de ce monde misérable, il pourrait étudier les œufs dans des conditions qu'aucun laboratoire ne pourrait reproduire. Il pourrait même causer des ennuis à Hazeltyne.

Son seul problème serait de rester en vie pendant un an.

***

Un entretien avec un médecin du Corps de Conversion était requis pour toutes les personnes ayant choisi le statut de changeling. La loi stipule que les changelins potentiels doivent être pleinement informés des droits et des dangers liés à une forme modifiée avant de signer une décharge. Cette exigence était valable que l'individu, comme Asa, soit déjà expérimenté ou non.

À l'époque où l'humanité voyageait vers les étoiles, la biologie médicale avait permis de régénérer les organes du corps endommagés ou déficients. La régénération n'était limitée que par l'âge avancé. Quelque temps après l'âge de deux cents ans, le corps d'un homme perdait la capacité de se laisser entraîner à faire croître de nouvelles cellules. Une cinquième série de dents était généralement la dernière. Cependant, tant que la sénescence pouvait être évitée, n'importe quel homme pourrait avoir des biceps bombés et une taille crayon, s'il pouvait payer le traitement.

Jusqu'à ce que les associations médicales déclarent ces traitements contraires à l'éthique, il y eut même une brève mode des déformations délibérées, les cornes au niveau des tempes étant particulièrement populaires.

De la régénération à la repousse spécialisée il n'y avait qu'un pas. Les techniques ont été perfectionnées pour adapter les humains à la douzaine de mondes à peine habitables que l'homme avait découverts. Même sur Mars, la seule planète du système solaire en dehors de la Terre où l'anatomie humaine était vaguement adaptée, un homme pouvait travailler plus efficacement avec des poumons repensés et des contrôles de température qu'avec une combinaison pressurisée. Sur des planètes plus étranges, situées à quelques années-lumière, les avantages des corps changelings étaient plus grands.

Malheureusement pour les sociétés de développement planétaire, presque personne ne voulait devenir un changeling. Les salaires élevés en attiraient peu. Ainsi, une loi a été adoptée permettant à un criminel reconnu coupable de gagner sa liberté en passant un an comme changelin tous les cinq ans qu'il aurait autrement dû passer en réhabilitation.

« Pour quels types de changelings avez-vous des commandes en ce moment, docteur ? » Asa a demandé à l'homme chargé de son cas. Cela semblerait suspect s'il demandait Jordan's Planet sans quelques questions préliminaires.

"Quatre", répondit le docteur.

"Squiffs pour New Arcady. Adaptés pour grimper aux gratte-ciel et avec la structure des bras modifiée en pseudo-ailes ou en vol plané. Ensuite, nous avons besoin de spiderinos pour Von Neumann Two. Si vous voulez ce que nous avons de plus proche de la Terre, il y a la Lune de César, où il nous suffirait de doubler votre tolérance au monoxyde de carbone et de faire de vous un gorille plus grand et meilleur que les indigènes. Enfin, bien sûr, il y a toujours un besoin d'hommes-merdes sur la planète Jordan.

Le docteur haussa les épaules, comme si, naturellement, personne ne pouvait choisir Jordan's Planet. Asa fronça les sourcils, apparemment en train de réfléchir aux alternatives.

"Quelle est l'échelle salariale ?" Il a demandé.

"Dix dollars par jour sur la Lune de César. Quinze sur New Arcady ou Von Neumann Deux. Vingt-cinq sur Jordan."

Asa haussa les sourcils.

"Pourquoi une telle différence ? Tout le monde connaît les hommes de la boue qui vivent dans la boue pendant qu'ils chassent les œufs de Slider. Mais vos conversions ne rendent-elles pas le changelin à l'aise dans son nouvel environnement ?"

"Bien sûr," dit le médecin. "Nous pouvons vous faire croire que la boue est meilleure que la fourrure de chinchilla et nous pouvons vous faire sauter comme une sauterelle malgré la double gravité. Mais nous ne pouvons pas vous faire aimer la vue de vous-même. Et nous ne pouvons pas garantir qu'un Slider gagnera" Je ne te tuerai pas."

"Pourtant", réfléchit Asa à voix haute, "cela signifierait une belle bankroll en attente à la fin de l'année."

Il se pencha en avant pour remplir le formulaire nécessaire.

Comme il était moins coûteux de transporter un humain normal que d'installer des environnements spéciaux dans un vaisseau spatial, chaque planète possédait ses propres chambres de conversion. Sur le cargo spatial qui l'a transporté depuis la Terre, Asa Graybar était confiné dans une petite cabine ouverte uniquement pour qu'un garde puisse apporter des repas et sortir la vaisselle sale. Il était toujours prisonnier.

Parfois, il pouvait entendre des voix dans le couloir extérieur, et une fois, l'une d'elles ressemblait à celle d'une femme. Mais comme les femmes ne servaient pas sur des vaisseaux spatiaux ni ne travaillaient dans les colonies de dômes sur des mondes plus hostiles, il décida que c'était son imagination.

Il aurait pu être une cargaison morte pour tout ce qu'il a appris sur les voyages spatiaux.

Son temps n'était pourtant pas perdu. Il avait pour compagnon, ou compagnon de cellule, un autre détenu qui avait choisi de se convertir en homme-fouille. Plus important encore, son compagnon avait déjà séjourné sur Jordan's Planet et souhaitait y revenir.

"Ce sont les œufs Slider", a expliqué Kershaw, le double perdant. "Ceux que l'on voit sur Terre vous arrachent les yeux, mais ils ont déjà commencé à mourir. Il n'y a rien de tel qu'un nouveau. Et je ne suis pas le premier à devenir fou d'eux. Quand je me suis reconverti et que je suis rentré chez moi, j'avais neuf mille dollars m'attendaient. Cela me permettrait d'acheter un œuf de deux ans qui clignote peut-être quatre fois par jour. Alors j'en ai volé un nouveau et je me suis fait prendre.

Asa tenait un œuf Slider dans sa main pendant qu'il le regardait. Il pouvait comprendre. La coquille était claire comme du cristal, tendue mais élastique, tandis que l'albumen était tout aussi clair autour du réseau étincelant de filaments organiques qui servait de jaune. Le long de ces fils intérieurs jouaient de minuscules éclairs, partie d'un processus inexpliqué de la vie. Les instruments électriques ont détecté des décharges statiques provenant de l'œuf, mais le phénomène est resté un mystère.

Presque personne, confronté à la beauté d'un œuf de Slider, n'a pris la peine de remettre en question son fonctionnement. Pendant quelques instants d'attente, il n'y aurait que des lueurs aléatoires et intermittentes, puis il y aurait une sauvage caricature de lumière, dansant d'un filament à l'autre dans une frénésie d'éclat.

Il a fallu environ quatre ans pour qu'un œuf Slider meure. La beauté, la rareté et la valeur décroissante ont fait des œufs un article de luxe comme le monde n'en avait jamais vu. Si Asa avait trouvé un moyen de les maintenir en vie, cela l'aurait rendu riche aux dépens du monopole de Hazeltyne.

"Tu sais ce que je pense?" » a demandé Kershaw. "Je pense que ces éclairs sont l'œuf qui appelle sa maman. Ils scintillent comme un million de diamants lorsque vous en retirez un de la boue, et tout de suite un Slider surgit toujours de nulle part sur vous."

"Je voulais te demander", dit Asa. "Comment gérez-vous les Sliders ?"

Kershaw sourit.

"D'abord, vous essayez de l'attraper avec une fusée. Si vous le ratez, vous commencez à rentrer chez vous. Pendant tout ce temps, vous appelez à l'aide, vous comprenez. Lorsque le Slider vous attrape, vous bondissez pendant qu'il enfouit ses mâchoires dans la boue. là où vous vous trouviez. Vous lui

enfoncez vos griffes dans le dos et vous vous accrochez pendant qu'il roule
dans la boue. Enfin, si l'hélicoptère arrive - et s'il ne vous tire pas la tête par
erreur - vous vivrez pour le dire. conte."

II

Asa Graybar a conservé sa forme normale sur Jordan's Planet juste assez longtemps pour apprendre l'inconfort de la double gravité. On lui a dit qu'il avait besoin d'un autre examen physique et il a été emmené directement chez un médecin. Son cœur battait à tout rompre pour maintenir la circulation de son sang dans ce monde immense, mais le médecin avait apparemment appris à faire des concessions.

"Avalez ceci", dit le médecin après avoir effectué une série de tests.

Asa a avalé la capsule. Deux minutes plus tard, il sentit qu'il commençait à perdre connaissance.

"Ça y est!" pensa-t-il paniqué.

Il sentit quelqu'un le redescendre sur une civière à roulettes. Avant que sa conscience ne disparaisse complètement, il réalisa que personne n'avait la possibilité de renoncer à devenir un changeling, et qu'il était en route vers le réservoir de conversion en ce moment.

Lorsqu'il se réveilla enfin, il se sentait bien reposé et très à l'aise. Mais pendant longtemps, il eut peur d'ouvrir les yeux.

"Allez, Graybar," dit une voix grave et retentissante. "Testons nos ailes."

Ce n'était pas la voix de Kershaw, mais ce devait être Kershaw. Asa ouvrit les yeux.

Tout le monde avait vu des photos d'hommes-merdes. C'était différent d'avoir quelqu'un à vos côtés. Kershaw ressemblait beaucoup à une énorme grenouille, sauf que sa tête était encore majoritairement humaine. Il était assis sur des pieds palmés, le bas de ses jambes plié en deux sous d'énormes cuisses et son tronc incliné vers l'avant de sorte que ses bras pendaient jusqu'au sol. Les bras étaient aussi épais que les jambes d'un homme ordinaire. Les mains étaient devenues des pelles efficaces, avec de larges doigts palmés jusqu'à la première articulation et terminés par des griffes en forme de pelle. La peau était encore rosée mais était devenue squameuse. Pas un fil de poil n'apparaissait sur le corps, pas même sur la tête.

Asa se rendit compte que c'était à cela qu'il ressemblait lui-même.

Cela aurait été plus supportable si la tête n'avait pas conservé de fortes traces d'humanité. Les narines s'évasaient largement et les mâchoires sortaient à peine du cou, mais les oreilles étaient des oreilles humaines et les yeux, sous ces crêtes cornées, étaient des yeux humains. Asa était sûre que ses yeux pouvaient encore pleurer.

Il commença à avancer et bascula sur le côté. Kershaw éclata de rire.

"Viens voir papa, mes bébés", dit Kershaw en tendant les mains. "Essayez seulement de sauter cette fois. Et allez-y doucement."

Asa se redressa avec un bras et essaya de faire un petit saut. La coordination nerveuse et musculaire était parfaite. Il se retrouva à sauter jusqu'à la tête de Kershaw.

"C'est comme ça", dit Kershaw avec approbation. "Maintenant, mets ça et nous sortirons."

Asa a enfilé une combinaison de ceinture et de culotte en tissu dont les rabats de tissu pendaient à la ceinture devant et derrière. Il suivit Kershaw qui ouvrait une porte coulissante pour sortir de la pièce où ils avaient été laissés pour se ressourcer après leur conversion.

Ils entrèrent dans une cour partiellement couverte par un toit dépassant du dôme de la société Hazeltyne. La moitié la plus éloignée de la cour était ouverte à la bruine grise qui tombait presque sans arrêt du ciel de la planète Jordan et transformait la majeure partie de sa surface en marais et vasières. Un haut mur entourait la partie la plus éloignée de la cour. Le long du mur se trouvaient trente stands destinés aux hommes-fumeurs.

À cinquante mètres de la cour, un homme-fumeux bondit vers eux en deux bonds. Attachés à un harnais sur ses épaules et sa poitrine se trouvaient un pistolet et un long couteau.

"Des noms?" grogna-t-il. Il mesurait un pied de plus que Graybar et était grand partout proportionnellement.

"Kershaw. Je suis de retour, Furston."

"Je m'appelle Graybar."

"Encore Kershaw ? Recommence là où tu t'es arrêté, connard. Allez, toi." Il désigna Asa et sauta vers la partie ouverte de la cour.

"Faites ce qu'il dit", murmura Kershaw à Graybar. "C'est une sorte de gardien de confiance et d'agent de libération conditionnelle à la fois."

Asa a été soumis à une série d'exercices pour s'habituer à son corps déformé, pour lui apprendre à sauter et à creuser. On lui a montré comment utiliser la radio qu'il porterait et comment tirer les roquettes fines comme un crayon de cette arme. Finalement, on lui a dit de manger quelques baies d'une vigne indigène. Il l'a fait et a immédiatement vomi.

Furston rit.

"C'est pour te rappeler que tu es toujours un homme", a déclaré Furston en souriant. "Tout ce qui pousse sur cette planète est du poison. Alors si vous avez l'idée de vous cacher jusqu'à la fin de votre mandat, oubliez-les. C'est ici que vous mangez."

Asa se tourna sans un mot et s'éloigna faiblement de Furston. Il leva la tête pour respirer profondément et vit deux humains l'observer depuis une tour d'observation sur le toit.

Il sauta vingt pieds dans les airs pour regarder de plus près.

Le regardant avec répugnance, après avoir assisté à la fin de sa séance avec Furston, se trouvaient Harriet Hazeltyne et le directeur général Tom Dorr.

La présence de la jeune fille intriguait Asa, mais la présence de Dorr l'inquiétait. Dorr avait tenté de se débarrasser de lui une fois et se trouvait désormais dans une excellente position pour rendre ce débarras permanent.

Ce soir-là, lors du dîner, accroupi par terre à côté d'une table basse avec la douzaine d'autres hommes sales qui opéraient depuis le dôme, Asa demanda ce qu'ils faisaient tous les deux ici.

"La fille héritera de ce vacarme un jour, n'est-ce pas ?" demanda l'un des autres. "Elle veut voir quel genre de connards la rend riche."

"Peut-être que ce type, Dorr, l'a amenée pour lui montrer à quel point il est une grande roue", a déclaré l'un des autres. "J'espère juste qu'il ne reprendra pas les opérations."

III

Le lendemain matin, Furston distribua des fusils, des couteaux, des radios et des pochettes pour transporter les œufs trouvés par les hommes. Il donna à chaque homme une boussole et assigna les secteurs à travailler pendant la journée. Finalement, il appela Graybar à part.

"Au cas où vous n'aimeriez pas ça ici", a déclaré Furston, "vous pouvez obtenir une semaine de réduction de votre peine pour chaque œuf que vous apportez. Maintenant, sortez et travaillez cette saleté."

Furston a envoyé Graybar et Kershaw ensemble pour que le vétéran puisse montrer les ficelles du métier à Asa. Asa avait déjà appris que le mur qui entourait la cour était destiné à empêcher les Sliders d'entrer et non d'envoyer des hommes à l'intérieur. Il sauta par-dessus et sauta derrière Kershaw.

Les pieds tapant contre la boue, ils parcoururent environ cinq miles de la station Hazeltyne, nageant facilement à travers des étangs trop larges pour sauter. La boue, même si elle n'était pas aussi agréable au toucher que la fourrure de chinchilla, n'était pas du tout inconfortable, et l'air ruisselant caressait leur peau comme une brise d'été sur Terre. De minuscules créatures glissantes dérapèrent et éclaboussèrent leur chemin. Kershaw finit par s'arrêter. Son œil expérimenté avait aperçu une traînée de mauvaises herbes des marais écrasées dans la boue.

"Gardez les yeux ouverts", a déclaré Kershaw. "Il y a un Slider qui est passé par ici ces derniers temps. Si vous voyez quelque chose comme un train express se diriger vers nous, commencez à tirer."

À chaque saut le long du sentier, ils regardaient rapidement autour d'eux. Ils ne virent pas de Sliders, mais cela signifiait peu, car les bêtes vivaient autant sous la boue que dessus.

Kershaw s'arrêta de nouveau lorsqu'ils arrivèrent à une zone à peu près circulaire d'une dizaine de mètres de diamètre où les mauvaises herbes avaient été arrachées et pourrissaient dans la boue.

"Nous avons de la chance", dit-il tandis qu'Asa s'arrêtait à ses côtés. "Un œuf a été pondu quelque part ici au cours de la semaine dernière. Ces endroits sont difficiles à repérer lorsque les nouvelles mauvaises herbes commencent à pousser."

Kershaw jeta un long regard autour de lui.

"Aucun problème en vue. Nous creusons."

Ils commencèrent par le centre de la zone dégagée, ramassant avec leurs mains de grandes quantités de boue et les jetant hors de la clairière.

Habituellement, un homme-boue creusait en spirale à partir du centre, mais Graybar et Kershaw creusaient en demi-cercles s'élargissant progressivement l'un en face de l'autre. Ils devaient creuser quatre pieds de profondeur, et cela prenait du temps jusqu'à ce qu'ils aient une fosse assez grande pour y tenir. Chaque poignée de boue devait être pressée doucement avant d'être jetée, pour s'assurer qu'elle ne cachait pas un œuf. Pendant qu'il travaillait, Asa n'arrêtait pas de penser à quel point il s'agissait d'un système inefficace. Tout dans l'opération était faux.

"J'ai compris!" Cria Kershaw. Il sauta hors de la fosse et commença à essuyer la bave d'un objet rond de la taille d'une balle de baseball. Asa sauta pour regarder.

"Un gros problème", a déclaré Kershaw. Il le tint amoureusement contre sa joue, encore maculé de traces de boue, puis le souleva à la hauteur de ses yeux. "Regarde-le."

UN OEUF COULISSANT

L'œuf brillait d'un éclat fou, comme mille diamants brisés sous un soleil éclatant. De l'électricité statique crépitait dans les écouteurs d'Asa et il repensa à ce que Kershaw avait dit, à savoir que la scintillation d'un œuf était un effet de ses appels à l'aide d'une mère Slider. Asa regarda autour de lui.

"Saut!" il cria.

Au bord de la clairière, une longueur segmentée d'écailles noir verdâtre, d'environ deux pieds d'épaisseur et six pieds de haut, s'était dressée parmi les mauvaises herbes. Le segment supérieur était presque entièrement constitué de bouche, déjà ouverte pour montrer des rangées de dents. Avant qu'Asa ne puisse dégainer son arme, le Slider baissa la tête vers le sol, enfonça deux nageoires avant dans la boue et tira en avant.

Asa bondit de toutes ses forces, naviguant loin hors de la clairière. Alors qu'il était encore dans les airs, il a cassé le haut-parleur de sa radio, là où il était articulé au-dessus de sa tête. En atterrissant, il se retourna instantanément, son arme à la main.

"J'appelle l'hélicoptère !" » il parla rapidement dans le porte-parole. "Kershaw et Graybar, secteur huit, à huit kilomètres. Dépêchez-vous !"

"Barre grise ?" demanda une voix dans son écouteur. "Quoi de neuf?"

"Nous avons un œuf mais un Slider veut le récupérer."

"En chemin."

Asa retourna à la clairière. Kershaw a dû être bouleversé par le premier élan du Slider, car il essayait de sauter sur une jambe comme si l'autre avait été cassée. L'œuf vacillait sur la boue là où Kershaw l'avait laissé tomber. Le Slider, huit nageoires de chaque côté travaillant follement, faisait tourner son corps ressemblant à un ver de trente pieds pour une autre charge.

Visant à la hâte, Asa a tiré une roquette sur le segment central du monstre. La fusée fracassa des écailles dures et explosa dans une fontaine de chair grise. Le Slider se tordit, enduisant sa blessure de boue, et se tourna vers Asa. Il sauta sur le côté, tirant depuis les airs et manquant, et vit le Slider se tourner vers le champ de mauvaises herbes où il allait atterrir. Ses jambes étaient tendues pour bondir à nouveau au moment où il heurtait la boue, mais il vit que le Slider serait sur lui avant qu'il ne puisse s'échapper. En atterrissant, il poussa son arme presque dans la bouche de la créature et tira à nouveau.

Alors même qu'il était projeté dans la boue, le corps d'Asa était recouvert de lambeaux de chair extraterrestre dispersés par l'explosion de la fusée. Se repoussant désespérément, il vit le long corps sans tête frissonner et rester immobile.

Asa prit une profonde inspiration et regarda autour de lui.

"Kershaw!" il a appelé. "Où es-tu?"

"Par ici." Kershaw resta brièvement au-dessus des herbes et retomba. Asa sauta vers lui.

"Merci", a déclaré Kershaw. "Muck men, restez ensemble. Vous en ferez un bon. Je n'aurais pas eu une chance. Ma jambe est cassée."

"L'hélicoptère devrait être là très bientôt", a déclaré Asa. Il regarda Slider mort et secoua la tête. "Dites-moi, quelles sont les chances d'être tué en faisant ça ?"

"La dernière fois que je suis venu ici, il y a eu environ un mucker tué pour six œufs sortis. Bien sûr, vous n'êtes pas censé rester là à admirer les œufs comme je l'ai fait pendant qu'un Slider arrive sur vous."

Asa sauta vers l'œuf, qui était encore plein d'un rayonnement dansant là où il reposait sur la boue. Il a creusé un trou dans la boue et a enterré l'œuf.

"Juste au cas où il y aurait d'autres Sliders dans les parages", expliqua-t-il.

"Cela ne fait aucune différence", a déclaré Kershaw en désignant le haut. "Voici l'hélicoptère, en retard comme d'habitude."

La grosse machine les contourna, plana pour inspecter le Slider mort et s'installa sur de larges patins. À travers le nez transparent, Asa pouvait voir Tom Dorr et Harriet Hazeltyne. Le chef d'entreprise ouvrit la porte et se pencha dehors.

"Je vois que tu as pris soin du Slider", dit-il. "Remettez l'œuf."

"Kershaw a une jambe cassée", a déclaré Asa. "Je vais l'aider et ensuite je récupèrerai l'œuf."

Pendant que Kershaw attrapait le cadre de la porte pour l'aider à monter dans l'hélicoptère, Asa se plaça sous le ventre de son compagnon et le souleva par la taille. Il n'avait pas encore réalisé à quel point son nouveau corps était fort. Kershaw, en tant qu'homme-boue, aurait pesé près de trois cents livres sur Terre, près de six cents ici.

Dorr ne fit aucun geste pour l'aider, mais la jeune fille tendit la main sous l'épaule de Kershaw et s'efforça de le faire entrer. Une fois à l'intérieur, Asa vit que la cabine était bondée.

« Est-ce que tu vas avoir de la place pour moi aussi ? Il a demandé.

"Pas ce voyage", répondit Dorr. "Maintenant, donne-moi l'œuf."

Asa n'a pas hésité. "L'œuf reste avec moi", dit-il doucement.

"Tu fais ce que je te dis, mucker", dit Dorr.

"Non. Je veux m'assurer que tu reviennes." Asa tourna la tête vers Harriet. "Vous voyez, Miss Hazeltyne, je ne fais pas confiance à votre ami. Vous pourriez lui demander de vous en parler."

Dorr le regarda avec les yeux plissés. Soudain, il sourit d'une manière qui inquiéta Asa.

"Tout ce que vous dites, Graybar", a déclaré Dorr. Il se tourna vers les commandes. Une minute plus tard, l'hélicoptère était dans le ciel.

Un aller-retour pour l'hélicoptère n'aurait pas dû prendre plus de vingt minutes, ce qui permettrait à Kershaw d'être emmené à la colonie.

Au bout d'une heure, Asa commença à s'inquiéter. Il était sûr que Dorr reviendrait chercher l'œuf. Finalement, il réalisa que Dorr pouvait localiser l'œuf approximativement à côté du corps du Slider mort. Dorr pouvait revenir chercher l'œuf à tout moment avec un autre homme à terre pour le récupérer.

Asa a baissé le micro de sa radio.

"C'est Graybar, j'appelle l'hélicoptère", a-t-il déclaré. "Quand viens-tu?"

Il n'y eut pas de réponse à part le bourdonnement d'une onde porteuse.

S'il essayait de ramener l'œuf, Asa le savait, les Sliders l'attaqueraient tout au long du chemin. Un homme n'avait aucune chance de parcourir huit kilomètres avec un œuf tout seul. Il pourrait bien sûr laisser l'œuf ici. Il aurait néanmoins de la chance s'il revenait, en suivant une trajectoire floue, dont lui et Kershaw s'étaient certainement écartés lors de leur voyage aller. Il n'y avait aucun repère dans cette tourbière sauvage pour l'aider à trouver son chemin. Les ouvriers étaient censés se diriger vers les signaux radio s'ils perdaient leurs repères, mais Dorr lui refuserait cette aide.

Comment s'est passée la nuit sur Jordan's Planet ? Peut-être que Sliders dormait la nuit. S'il pouvait rester éveillé, et s'il ne s'évanouissait pas de faim dans ce nouveau corps étrange, et si les Sliders le laissaient tranquille...

Un vrombissement fit sursauter Asa, alarmé.

Puis il sourit de soulagement, car c'était l'hélicoptère, l'hélicoptère béni, qui arrivait au-dessus du marais. Et si c'était Dorr qui revenait seul pour s'en débarrasser sans aucun témoin ? Asa sauta sur la carcasse du Slider mort et s'abrita derrière elle.

Aucun tir de roquette de mitrailleuse n'est venu de l'hélicoptère. La grosse machine plongea avec un vertige, s'inclina en arrière dans une tentative inexperte de planer, heurta la boue et glissa vers l'avant. Alors qu'Asa sautait de côté, les patins d'atterrissage se sont accrochés au corps du Slider et l'hélicoptère s'est renversé sur le nez, l'une des pales du rotor s'enfonçant profondément dans la boue.

Asa bondit en avant, consterné. Non seulement sa chance de rentrer en toute sécurité vers la colonie était ruinée, mais il allait maintenant avoir la charge supplémentaire de prendre soin du pilote. Lorsqu'il atteignit le nez de l'hélicoptère, il vit que la pilote, qui se détachait des commandes pour se relever, était Harriet Hazeltyne.

IV

"Es-tu blessé?" Asa lui a demandé. Elle attrapa son épaule pour se stabiliser alors qu'elle sortait de la machine.

"Je suppose que non", dit-elle. "Mais subir une chute dans cette gravité n'est pas amusant. D'après ce que je ressens sur mon visage, je devrais avoir un œil au beurre noir très bientôt."

"Ce qui s'est passé?"

"Je me suis ridiculisé." Elle fit une grimace en direction de la colonie. "Dorr n'allait pas s'en prendre à vous. Il a dit que quiconque lui répondrait devrait essayer de se disputer avec les Sliders."

Elle leva les yeux vers la mitrailleuse de l'hélicoptère.

"Ils se nourrissent la nuit, vous savez. Et ils mangent les leurs", a-t-elle déclaré. "Le Slider que vous avez tué les attirerait comme des fourmis."

Asa jeta un rapide coup d'œil autour de lui pour s'assurer qu'aucun Slider n'était déjà venu. Il regarda l'hélicoptère avec dégoût à l'idée du fort fragile qu'il ferait.

"Quoi qu'il en soit," dit Harriet, "je lui ai dit qu'il ne pouvait pas te laisser ici et nous avons commencé à nous disputer. était là pour vérifier la façon dont mon père dirigeait les choses et il semblait y avoir beaucoup de choses qui n'allaient pas. Alors il m'a dit très poliment que je pouvais gérer les choses à ma guise et il est parti."

Elle haussa les épaules, comme pour indiquer qu'elle avait tout gâché.

"Et tu as pris l'hélicoptère tout seul", dit Asa, comme s'il avait encore du mal à y croire.

"Oh, sur Terre, je peux faire faire des cascades à un hélicoptère. Mais je n'étais pas habitué à cette gravité. Je ne pense pas qu'on puisse faire tenir cette machine droite?"

Asa tira sur le corps du Slider jusqu'à ce qu'il le fasse sortir des patins de l'avion. Il tira de toutes ses forces sur la pale du rotor enfoncée dans la boue, mais le poids de l'hélicoptère reposait sur elle et la boue le retenait avec sa propre aspiration. Au bout de quelques minutes, il dut abandonner.

"Alors nous combattons les Sliders", dit-elle, comme si le problème était réglé. "Si cela peut vous réconforter, je sais comment manier la mitrailleuse."

"Non. Avec cette bruine, la nuit, les Sliders seraient sur nous avant que nous puissions les voir. Nous devons essayer de revenir." Il resta pensif pendant qu'elle le regardait patiemment. "Qu'est-il arrivé aux autres hommes sales qui sont sortis aujourd'hui ?" Il a demandé.

"Ils ont été appelés lorsque l'hélicoptère est sorti pour la première fois. Certains d'entre eux ne sont peut-être pas encore revenus."

Asa a commencé à parler dans sa radio.

"Appel à tous les hommes fous. Ici Asa Graybar. Tous les hommes fous, écoutez. Ici Graybar. Je suis à huit kilomètres avec Miss Hazeltyne, qui est venue me sauver après avoir sauvé Kershaw d'un Slider. L'hélicoptère est écrasé. Nous' je me lance."

Il la regarda pour un signe de tête de confirmation et répéta le message.

"Barre grise ?" » fit une voix dans ses écouteurs. "Que veux-tu?"

Asa sourit à Harriet alors qu'il continuait.

" Retournez au campement. Parlez-en aux autres. Puis organisez une fête pour venir nous aider. Cap à 150 degrés. "

"Bien", dit la voix non identifiée.

"Je l'ai compris aussi", dit une autre voix dans le casque. "Les hommes merdiques se serrent les coudes."

Bien, pensa Asa. Au moins deux tueurs étaient toujours dehors. Ils le diraient aux autres.

"Annulez tout cela", dit une troisième voix. "C'est Dorr qui parle. Personne ne sort avant que je n'en donne le mot."

Asa n'avait pas envie d'attendre.

"Par l'autorité de Miss Hazeltyne," dit-il rapidement, "Dorr n'est plus directeur. Je suis directeur par intérim." Il vit les sourcils d'Harriet se lever, car elle ne pouvait pas entendre l'autre bout de ce qui se passait. "Ignorez Dorr", a-t-il poursuivi. "Si vous pouvez nous aider à revenir, Miss Hazeltyne apportera des changements qui bénéficieront à nous tous."

Avant qu'il puisse en dire davantage, son oreille fut frappée par un bruit de parasites bruyants. Dorr veillait à ce qu'aucun autre message radio ne passe. Asa raconta rapidement à Harriet ce qui s'était passé.

La jeune fille sourit d'un côté de la bouche.

"Très bien," dit-elle, "mais comment suis-je censée traverser la boue ?"

"Sur le dos", Asa se tourna et entra dans la cabine de l'hélicoptère. Tout le temps qu'il parlait, il s'inquiétait du fait qu'il ne lui restait plus que trois roquettes pour son arme. Rapidement, il vérifia les munitions de la mitrailleuse, constata qu'elles étaient du même calibre et sentit qu'enfin, un bris lui était arrivé. Il a sorti les ceintures de munitions en plastique.

« Chargez vos poches avec ça », dit-il à la jeune fille en retirant les fusées de leurs boucles. Puis, attachant les ceintures en plastique ensemble, il a confectionné une écharpe dans laquelle elle pouvait s'asseoir avec ses jambes à ses côtés. Finalement, il lui tendit son arme.

"Si vous voyez un Slider", dit-il, "tirez sur la tête. Maintenant, grimpez dessus et tenez-vous bien au harnais de mon arme et nous tenterons notre chance."

Lorsqu'elle fut à califourchon sur son dos, Asa vérifia sa boussole et commença à sauter. Il comprit immédiatement que les choses seraient bien plus difficiles qu'il ne l'avait imaginé. Seul, il pouvait sauter vingt-cinq mètres, mais son poids le réduisait à environ cinq mètres. Il continua, réalisant que la tâche dépassait presque ses forces et n'osant pas lui dire que même si ses forces tenaient, ils ne trouveraient peut-être même pas le règlement dans cette bruine.

En sautillant, parfois en titubant, longeant les bassins plus larges du marais. Asa a réussi à parcourir environ un kilomètre avant de devoir s'arrêter et se reposer. Harriet sortit du harnais et s'installa sur un carré de mauvaises herbes, un tapis humide et glissant sur la boue.

"Nous allons y arriver", dit-elle joyeusement.

"Je l'espère", a-t-il déclaré. "Pas seulement pour nous-mêmes. De nombreux changements devraient être apportés. Il doit y avoir des millions d'œufs sur cette planète. Vous n'en obtenez que quelques centaines par an."

Il haletait entre les phrases et s'arrêtait de parler jusqu'à ce qu'il puisse reprendre son souffle.

"D'une part", a-t-il poursuivi, "les roquettes ne sont pas la bonne arme contre les Sliders. Les lance-flammes seraient mieux. Bien sûr, ils sont beaucoup plus lourds que les armes à feu. Mais toute la façon dont vous vous attaquez aux œufs est fausse. C'est criminel. envoyer un homme seul. C'est totalement irresponsable de n'avoir qu'un seul hélicoptère. Vous mettez un prix sur les œufs en termes de vies humaines, vous savez, peu importe à quoi nous ressemblons.

"Vous êtes très humain," dit-elle doucement, "et très courageux."

Il lui rendit son sourire, ajoutant : "Et nous serons tous les deux morts si nous n'y allons pas."

Ils avaient parcouru moins d'un mile lorsqu'il dut s'arrêter à nouveau.

« Comment géreriez-vous les choses ici ? » » demanda Harriet.

"Commencez avec de nouveaux locaux. Il n'est pas nécessaire de faire des monstres avec ces hommes-boues. Doublez leur force, et peut-être leur donner des pattes en toile, mais pourquoi des pattes comme une grenouille ? Si je pouvais marcher normalement, je pourrais vous tirer sur un traîneau. Et pourquoi pelleter les mains au lieu d'outils appropriés ? Bien sûr, il faudrait quand même leur donner une peau pour ce temps. »

Les vêtements d'Harriet étaient détrempés et souillés de boue, et ses cheveux pendaient sur sa tête en des mèches humides et sombres qui ressemblaient à des épinards bouillis. La bosse survenue lors de la chute de l'hélicoptère avait provoqué une tuméfaction bleu-noir autour de son œil gauche. Pourtant, Asa se rendit compte qu'elle n'avait pas émis la moindre plainte. Elle écoutait attentivement ses conseils.

"J'enverrais des groupes de trois hommes en hélicoptère", a-t-il poursuivi. "L'un gardait le navire pendant que les deux autres chassaient les œufs. Dès qu'ils trouvaient un œuf, ils sautaient dans le navire et étaient en sécurité."

Ils repartirent. Au premier saut, Asa aperçut un Slider à une centaine de mètres. Dès que ses pieds touchèrent le sol, il murmura à Harriet. Elle sortit de l'écharpe et tint son arme prête pendant qu'il dégainait son couteau pour attendre. De longues minutes s'écoulèrent avant qu'il décide qu'ils n'avaient pas été vus et qu'il pouvait continuer en toute sécurité.

La prochaine fois qu'ils s'arrêtèrent, la jeune fille se tourna vers Asa en fronçant les sourcils et lui demanda : « Comment Dorr pense-t-il pouvoir s'en sortir comme ça ?

"Simple." Asa haussa les épaules. "Il dira que les Sliders nous ont eu malgré tout ce qu'il a pu faire. Aucun idiot capable de raconter une histoire différente ne vivra assez longtemps pour revenir sur Terre."

Le bruit d'une explosion de roquette vint de quelque part sur leur droite. C'était le son le plus beau qu'Asa ait jamais entendu.

"L'équipe de sauvetage !" il cria. "Allons-y!"

Sachant que les roquettes signifiaient des Sliders, mais sachant aussi qu'aucun Slider n'était à la hauteur d'une équipe d'hommes armés, Asa bondit en avant avec une vigueur renouvelée. Une fois, il a mal évalué sa force et a atterri dans une flaque d'eau, les aspergeant tous les deux d'eau visqueuse, mais la fille sur son dos s'est contentée de rire. Ils entendirent le bruit d'une autre roquette et Harriet tira elle-même trois coups de feu pour attirer l'attention. Quelques minutes plus tard, ils accueillaient joyeusement six hommes boueux.

"J'ai entendu votre message", a déclaré l'un d'eux, "et de retour à la colonie, Kershaw nous a raconté ce qui s'était passé. Furston a essayé de nous arrêter et s'est retrouvé avec un couteau dans le ventre. Quelques autres avaient peur de venir, et deux ont été abattus depuis la tour par Dorr, mais les autres sont avec vous.

"Tom Dorr sera jugé pour meurtre," promit sombrement Harriet.

Avec différents hommes se relayant pour porter Harriet sur de courtes distances, ils commencèrent à progresser rapidement. Le Slider sur lequel les hommes avaient tiré était mort et aucun autre n'a été aperçu avant leur arrivée dans la colonie.

Dorr les attendait. Il a tiré depuis la tour, sa rafale de roquettes de mitrailleuse traversant un homme en plein saut. Le groupe d'Asa a embrassé la boue et a riposté. Du plastique pleuvait de la fenêtre de la tour et de la poussière jaillissait du béton qui l'entourait.

"Gardez-moi couvert", a crié Asa. Il prit le pistolet des mains d'Harriet et bondit follement en avant jusqu'à ce qu'il se trouve à l'abri du côté du dôme. Il attendit une autre salve de son groupe et sauta vers la tour elle-même.

Dorr avait disparu, chassé de la tour par les fusées. Asa fit signe aux autres de s'avancer et sauta dans les quartiers principaux du dôme.

Il n'était jamais venu dans cette partie de la colonie. Dorr pourrait lui tendre une embuscade. Asa se déplaçait avec prudence, mais il était sûr que son propre ajustement à la gravité de la planète lui donnerait l'avantage en cas de rencontre soudaine.

Il regarda au coin de la rue et descendit quelques escaliers juste à temps pour voir le manager discrédité, tenant un sac dans une main, lutter pour ouvrir une porte. Asa a tiré et raté. L'instant d'après, Dorr était dehors. Asa sauta au sol.

L'un des humains normaux qui vivaient dans la colonie est sorti d'une autre pièce, a vu Asa et a esquivé hors de vue.

Dehors, Asa pouvait voir Dorr s'efforcer de courir le long de la route pavée qui menait au vaisseau spatial à quatre cents mètres de là. Le fugitif se retourna une fois et tira sauvagement tandis qu'Asa sautait après lui. La brume se transformait en pluie battante et il devenait de plus en plus difficile d'y voir.

Une autre roquette a explosé quelque part devant Asa. Le son fut suivi d'un cri. Un bond de plus et Asa commença à se tirer une balle.

Un Slider prenait doucement dans sa bouche trois œufs déversés du sac posé à côté de ce qui restait de Tom Dorr.

L'un des tirs d'Asa a détruit le Slider, détruisant également les œufs lorsque la tête du monstre a explosé. Asa ne pensait pas que les œufs importaient beaucoup pour le moment.

Il retourna lentement vers la colonie, décidant d'accepter quand Harriet lui proposa la direction. Un jour, s'il réussissait, les œufs de Slider seraient aussi courants sur Terre que les diamants.